KB153060

한국 희곡 명작선 100

마음의 준비

한국 희곡 명작선 100

마음의 준비

위기훈

평민사

워
기
훈

마음의 준비

— 공연 이력
2021.06.24.~27 / 세종문화회관 북서울 꿈의숲아트센터 퍼포먼스홀
2021.07.02.~03 / 세종시청 여민실
2021.07.19 / 2021대한민국연극제 네트워킹 페스티벌

제작 · 극단 종이달, 극단 전원 / 연출 · 김상윤 / 드라마터그 · 배선애
출연 · 진태연, 정은성, 김수지, 이동준, 김혜라, 서찬휘, 이제석, 최용철, 남
상혁, 송민선, 김대종

작가 서문

'뚜렛증후군'이라는 병이 있다. 자신의 의지와 상관없이, 때와 장소를 가리지 않고 누구 앞에서든 욕설을 뱉는 병이다. 흔히 소년기에 시작되는 음성틱이 이 같은 극심한 양상으로 발전하는데, 뾰족한 치료법이 없어 증후군이라 불린다.

이 희곡은 뚜렛증후군을 앓고 있는 만 17세의 여고생 '하하늘' 양과 부모, 그리고 이 난치병을 치료하겠다고 나서는 메디테이너 '서 박사'의 이야기다. 메디테이너는 요즘 부쩍 늘어난, 의학정보, 건강상식을 콘텐츠 삼아 방송활동을 활발히 하는 의료계 인물군을 일컫는 조어다.

서 박사가 펼치는 사회적 활동, 거래라는 이름으로 행해지는 검은 커넥션 때문에 검사들한데 강도 높은 조사를 받는다. 서 박사는 자신이 처한 난국을 해결하기 위해 '난치병 완치'를 목적으로 하는 방송에 열을 올리고, 그 대상자로 '하하늘' 양을 선택, 치료를 진행하면서 '하하늘' 양 가족 문제와 주변 교우관계 등이 밝혀진다. 물리적 치료와 정신적 치료를 병행하는데, 서 박사 역시 검사들에 의해 어릴 적 관계와 상처가 드러난다. 치료를 하면서 오히려 자신이 치유되는 역설적인 상황이 빚어진다.

성장기에 아이들도 관계로 인한 고통과 만난다. 때로는 그 관계가 떨쳐낼 수 없는 혈연이기도 하고, 교우관계이기도 하다. 공감대를 형성했으나 문제를 극복할 수는 없는 경우도 있고 일방적인 폭력으로 피폐한 관계도 있다. 청소년들은 더 이상 은폐할 수 없는 성인 사회에 직접적으로 노출되어 있다. 부모의 역할론도 많은 변화가 생겼다. 더 이상 아버지만 돈을 벌지 않고, 집안의 위계가 사라지고 있다. 그러나 부모의 부지불식간의 폭력은 여전하다. 오히려 사랑이라며 행해지는 어머니의 그것이 더 부각되기도 한다.

이 희곡은 가부장적인 세계에 길들여진 성인이 가부장적인 문제 해결 방식을 고집하는 과정에 만나게 되는, 다음 세대의 '유사하지만 똑같지는 않은 문제'에 대한 이야기다.

등장인물

하하늘 : 여고생 / 그 외 MC여

서성대 : 의사

하지만 : 아버지 / 그 외 검사와 의사, 강인한 부친 역임

이지경 : 어머니 / 그 외 여검사와 의사, 서성대 호적상 누나, 강인한 형 역임

강인한 : 남학생 / 그 외 포토그래퍼, 방송국 PD, 식당 점원

이 외의 다른 인물들도 상기 배우들이 주요인물과의 등퇴장 관계를 고려하여 분(扮)한다.

무대

이동식 행거에 '의사 가운', '검은 재킷', '교복', '야구모자와 야상', '숄', '체크무늬 재킷과 금테안경' 등 역할·직업에 따른 최소한의 의상이 걸려있다.

소품이나 대도구 역시 상황에 따른 최소한의 것으로 대신하며, 무대 바닥은 높낮이나 기울기, 또는 울퉁불퉁한 면을 두어 불안한 환경이 조성되길 바란다.

하지만, 이지경, 강인한, 하하늘, 서성대.

성대, 생각에 잠기다가 입을 연다. 다른 이들은 객석을 등지거나 외면하고 있다.

성대   군사부일체. 검사 질문이 포괄적이라 대답 역시 그럴 수 밖에 없었습니다. 의대에서 무얼 배웠느냐 물었고, 배운 것을 다 헤아릴 수 없었고, 검사 노트에서 얼핏 낙서를 봤거든요… 군사부일체… 선배가 했던 말이 떠올랐습니다.

의사 가운을 입은 선배와 그 앞에 일렬횡대로 선 4인의 레지던트들.

지경   군주와 스승과 아버진 하나! 지도교수가 까라면 까는 거야! 한낱 레지던트 새끼들이 무슨 생각 따위를! 스타트!

하늘   이제 의업에 종사할 허락을 받으매 나의 생애를 인류봉사에,

지경   생애 전체를 까라면 까란 얘기야.

인한   양심과 위엄으로서 의술을,

지경   본격적으로 까겠다는 뜻이고!

지만   환자의 건강과 생명을 첫째로,

지경	니 기분 따위 아무 것도 아니며!
성대	환자가 알려준 모든 내정의 비밀을,
지경	니 생각 같은 건 애초에 없다!
성대	지키겠노라. 네, 맞습니다. 의료인의 윤리적 지침 히포크라테스 선서. 하지만 선배 주둥이에선 늘 기·승·전·까라면 까, 였죠.
하늘	나의 위업의 고귀한 전통과 명예를,
지경	고귀한 전통이란 까라면 까!
성대	나는 동업자를 형제처럼,
지경	단체로 깐다!
성대	생각하겠노라.

선배, 성대 정강이를 걷어찬다. '계속!'을 뜻하는 턱짓을 하고, 잠시 '삐삐'에 시선을.

인한	나는 인종, 종교, 국적, 정당정파, 또는 사회적 지위 여하를 초월하여 오직 환자에 대한 나의 의무를 지키겠노라.
하늘	나는 인간의 생명을 수태된 때로부터 지상의 것으로 존중히 여기겠노라.
성대	비록 위협을 당할지라도,
지경	그 어떤 위협이 와도 까라면 깐다!
인한	이상의 서약을 나의 자유의사로,
지경	자유의사에 의한 자발적인 까 정신! 그게 진정한 까라면

까 정신이다! 알겠습니까?

4인　네, 알겠슴다!

지경　(비웃듯 4인에게) … 그리고 뭐?

4인　(동시에) 꿈을 크게 가져라!

지경　오케이! 응급실로 출동!

성대를 제외한 4인, 흰 가운을 벗는다.

성대　선배의 부연은 없었지만 우린 모두 너무나 잘 알고 있었습니다. 전문의가 되겠다는 꿈에 집착해야 까다가 까다가 더 이상 깔 수 없는 순간이 와도 참고 견딜 수 있다. 그러니까 의대에서 무얼 배웠느냐는 검사 질문에 군사부일체 그리고 꿈을 크게 가져라, 라고 대답할 수밖에 없었죠.

2.

인한·하늘, 성대를 강제로 앉힌다.

지만, 검은 재킷을 입고 검사가 되어 성대를 다그친다.

검사   정황이 있는데 잡아떼는 겁니까?

성대   저, 정황만으로 이, 이, 이래도 되는 건가요?

검사   왜 더듬고 그러세요? 단둘이라 떨리세요?

검은 재킷의 여검사, 지경이 다가온다.

여검사   정황이 포착됐으니까 조사하는 거 아닙니까?

성대   강압수사, 이거 알려지면,

검사   (성대 뒤통수를 갈긴다) 받아 처먹은 게 없는데 기를 쓰고 광고를 해줬다는 거요?

성대   왜 때리십니까? 요즘도 대한민국 검사님들,

검사   (이마를 손가락으로 민다) 바른대로 부시죠.

성대   왜 때리냐고? 여기선 인권도 없어?

검사   말 짧아지시네. 당신 같은 인간, 있어도 없습니다. (성대의 배를 주먹으로 찌르고 멱살을 잡는다)

여검사   하검! 하 검사, 그만!

검사, 멱살을 놓자, 성대는 의자 채 넘어진다.

여검사   (성대를 일으켜 앉히고 어깨와 등을 툭툭 털어준다) 지금 때가 어
느 땐데… (부드럽게) 의사 선생… 서성대 박사님.

성대   검사님, 원래 그,

여검사   그래요, 좋습니다. 편하게 말씀하시죠.

성대   홍삼이라는 게 효, 효능이,

여검사, 성대의 가슴을 발로 내지르고, 지만을 쳐다본다.
여검사의 시선을 신호로 검사, 어딘가를 향해 손가락을 튕긴다.

3.

하늘   (소리만) 인체의 시간 싸움!

인한   (소리만) 질병, 거기 서! 닥터 서! 서성대와 함께 하는 "건강한 의사의 건강비법!"

마이크를 들고 등장하는 교양오락 프로그램 MC 남녀(인한과 하늘)와 메디테이너 패널 서성대.

MC여   백스물한 번째 시간입니다! 아재 파탈의 대표적인 고민, 탈모!

MC남   예방과 치료법을 서 박사님께 배워봤는데요!

MC여   두피관리와 혈액순환의 비법이 있었네요!

성대   그렇습니다. 남녀노소 체질과 상관없이 피로회복, 면역력 증진은 물론 혈소판 응집억제로 혈액을 원활하게 순환시키는 게 이 홍삼인데요, 탈모 진행 속도를 한두 달 늦추는 게 아닙니다. 무려 10년!

(코드음)

MC여   서 박사님! 아내분들의 고통! 남편의 코골이, 어떻게 잡을 수 있을까요?

성대 치료 방법은 크게 비수술적인 방법과 수술적인 방법으로,

(코드음)

동시에 성대와 MC들, 위치를 옮겨 방송 재현을 이어간다.

성대 잘 아시다시피 홍삼은 인삼을 원재료로 사용합니다. 수삼을 쪄서 말린 건데요, 그야말로 최고의 건강식품이죠. 이 홍삼을 복용하시면 코골이는,

(코드음)

MC남 변비 탈출, 딱 5분 만에 해결되는군요!

MC여 지금까지 말씀, 정리해볼까요?

MC남 복통! 집중력 저하! 여드름, 대장암의 주범은?

성대 변비!

MC여 고질적인 변비에 특효약은?

성대 홍삼!

MC여 아참! 서 박사님! 이번 개편을 맞아 새로운 프로그램 준비로 바쁘시죠?

성대 아, 네. 뭐, (점잖게 웃는다)

MC남 질병! 거기 서! 닥터 서! 서성대의.

일동 난치병 완치 다큐쇼! 기적을 방송한다!

MC여 많은 기대 부탁드려요!

지경 그만!

남녀 MC와 성대, 어둠 속으로.

4.

여검사　이래도 잡아뗄 겁니까?

남성 검사, 밝은 쪽으로 하얀 의사 가운을 팽개친다.

여검사　당신은 홍삼업체 광고 수주 대가로 대행사로부터 금품을
　　　　　수수했어!

성대, 검사한테 끌려나온다.

성대　　모릅니다, 모르는 일이라구요!
여검사　병원 돈 빼돌려 비자금 조성했고 이를 업체 접대비로 사
　　　　　용한 혐의까지.
성대　　아닙니다! 뒷돈 받지도 않았고 비자금 같은 건 더더군다
　　　　　나 몰라요!
여검사　정황이 있는데 딴 소립니까? 비자금 어디로 빼돌렸어요?
성대　　증거를 대요!
검사　　증거?
성대　　그래요, 증거!
검사　　증거 여깄다, 이 새끼야!

여검사, 돌아선다.

어두워지면, 구타를 당하는 듯, 하얀 가운이 펄럭인다.

성대의 비명이 섞여있다.

5.

여고생 교복의 하하늘 등장. 마스크를 쓰고 있다. 그 밑으로 청테이프가 일부분 보인다.
포토그래퍼(강인한 분) 음성이 들린다.

포토   (소리만) 양쪽 눈썹과 양쪽 귀가 확실하게 보여야 되거든요. 자, 이제 마스크 벗으시구요,

하늘, 마스크를 벗지 못하고 주저한다.
뿔테 안경을 쓴 포토그래퍼, 삼각대 카메라를 들고 등장한다.

포토   학생.

다른 한쪽에 서성대,

성대   하나, 둘, 셋, 넷, … 여덟, 아홉, 열. 그리고 다시 하나… 숫자를 세는 게 상처가 되기도 하죠. 무서워서 세기 시작했는데, 몇 대를 맞았는지 기억이 나지 않습니다.

포토   학생!

하늘, 마스크를 벗으려고 손을 올리지만, 바들바들 떨기만 할뿐

벗지 못한다. 이후 말없이 정면을 응시한다.

성대 생전 처음 끌려간 곳이라서 더. 아무리 생각을 해도 모르겠어. 검사들이 왜 그러는 건지, 나 같은 평범하고 하찮은 의사한테….

포토 기다리는 학생들이 많아요.

성대 예전엔 괜찮다고 말하거나 그 말을 들으면 시원한 기분이었습니다. 근데 거기서 풀려난 후로 괜찮다, 괜찮다 하면 뜨거운 느낌이에요. 재소환이 있을 거라며 풀어줬습니다. 딱히 증거랄 것도, … 분명한데, ….

포토 (촬영접수자 명단을 확인하며) 이름이 하하늘, 맞죠? 주민등록증 처음 발급받는 건데, 사진 예쁘게 나오고 싶지 않아요?

하늘, 울음이 터진다. 그렇게 펑펑 울다가 뛰쳐나간다.

포토 하, 학생! 갑자기 왜 울어? (객석을 향해) 선생님! 이봐, 학생, 여기 선생님 어디 가셨나? 에이씨, 나더러 어쩌라는 거야?

당황한 포토그래퍼, 선생을 찾다가 성질을 내며 퇴장, 뿔테 안경을 벗고 야구모자를 쓴다.
그렇게 사진작가에서 방송PD로 변신하여 다시 등장한다.

성대는 어딘가로 전화를 건다. 통화 중 신호음에 끊고 다시 걸다가 뛰기 시작한다.

성대   운전도 못 하겠더라구요… 살 길을 찾아야겠어서 뛰었습
니다.

6.

PD(강인한 분), 성대한테 휴대전화로 화를 낸다.

PD 어쩌라는 거야, 나더러! 에이씨, 광고 다 나갔는데!

성대 중상모략이라니까!

PD 죽겠다 죽겠다 하니까 진짜 죽으랜다!

성대 난 결백해.

PD 당신 병원, 입원실 침대까지 싹 바꿔줬다며?

성대 그건 의료지원이고!

PD (폰 액정을 확인) 끊어! 전화 왔어. (통화 버튼을 누른다) 네, 국장님.

성대 강 피디! 강 피디! … 솔직히 기억이 안 나! 기억이. 대가인지 인사인지!

PD 국장님 제가 출연자 사생활까지는, … 티저는, 네, 3번 나갔습니다.

성대, 다시 뛴다.

성대 기억이 안 나! 방금 서울역을 지난 건지 아니, 회현역에서 온 건지 시청역에서 온 건지 아니, 아니, 4호선인지 1호선인지!

PD	… 네, 알겠습니다… 소리는 지르구 지랄이야.

PD, 휴대전화를 안 끊었나 싶어 깜짝 놀라 폰 액정을 보고 안심
한다.
그 앞에 도착한 성대, 호흡이 가쁘다.

성대	강 피디,
PD	안 돼.
성대	말도 안 했어, 아직.
PD	불가능하다고.
성대	들어보지도 않고?
PD	… 난치병 완치 다큐쇼, 기적을 방송한다. 방송하자 아냐?
성대	그래! 그래야 나도 살고 강 피디 당신도,
PD	위에서 막는데 무슨 수로?
성대	(초조하다) 또 뭐가 터진 거야? 연예인 성상납, 성폭행, 도박 기사로 안 되니까? 왜? 나 같은 하찮은 의사한테, 환자가 몇 명이었지?
PD	알아서 뭐하게?
성대	어쨌든 한 명만 있으면 돼! 제일 난치율이 높은. 아니, 스 토리가 있는! 사연이 있는 환자가 좋겠어! 아니, 아니아 니… 예쁜, 예쁘고 어린. 그래야 시청자들이 빨리 나았으 면 좋겠다 동정할 테니까.
PD	장난해? 위에서 방송시간을 안 준다니까!

성대	eng 카메라 하나만 있으면 되잖아! 일단 찍자! … 나이롱 환자가 아니잖아. 치료해내면 될 거 아냐!
PD	(웃는다) 드라마 찍냐?
성대	내가 기적을 만들게! 방송 안 되면 sns에, 언론에 흘리는 거야.
PD	조사 언제 끝나? 수사 결과 나오는 게 언젠데?
성대	하루 이틀 안에 안 끝나 아니, 못 끝나.
PD	뒷돈 받은 거, 진짜 없어?
성대	결백하다니까.

PD, 잠시 갈등하다가 고개를 흔든다.

성대	댓글 달리고, 냄비 여론 들끓으면, eng 하나 빼돌리는 게 그렇게 어려워?
PD	그건 일도 아니야. 치료도 못하고, 증거 나와서 당신, 똥 되면? 뒷돈 처먹은 의사 살리겠다고 난치병 환자 고생시킨 거밖에 더 돼?
성대	증거 없다니까!
PD	증거라는 게 찾는 거니? 없는 증거도 만드는 판에! 나까지 여론에 처맞을 게 뻔한데, 못해. 이 정도에서 시말서 쓰는 게 나아.
성대	강 피디!

PD, 가로막는 성대를 밀치고 나간다.

성대, 쫓아나간다.

PD   절대 못해! 안 해!

성대   강 피디! 야!

7.

체크무늬 재킷에 금테 안경의 하늘이 아빠 하지만, 들어선다.

지만 뭐해? 거참, 꼬물거리기는! (담배를 꺼내 입에) 이것도 폭력
      아냐?

숄을 걸친 엄마 이지경, 교복과 마스크의 하늘이를 잡아끌며 들
어온다.

지경 뭐가 폭력이야?
지만 무슨 학교가 가족사진을 찍어오래? 요즘 한부모 가정이
      얼마나 많은데!
지경 진짜 사람 말이래면 귓등으루두 안 들어!
지만 니가 그랬잖아! 학교에서,
지경 학교에서 하늘이 증명사진 가져오랬다고. 그거 찍는 김에
      한 장 찍어놓자고, 한 장! (하늘이에게 달래듯 부드럽게) 주민등
      록증 나오면 이제 하늘이도 어른인 거야. 좋지?

하늘, 가만히 엄마를 바라본다.
엄마가 하늘이 마스크에 손을 대려고 하자, 그 손을 잡는다.

지경　　왜?… 딸… 찰칵, 금방이야.

아빠는 헛기침 하며 돌아선다.
하늘, 엄마 손을 천천히 놓는다.
온화한 미소로 마스크를 벗겨주는 엄마.
그 아래 마스크 크기로 단단히 붙여둔 청테이프가 드러난다.
엄마는 하늘이 입가에 로션을 발라가며 청테이프를 뗀다.
거즈까지 떼어낸 하늘이 입가 짓물러 빨갛다.

지만　　얼굴이 저래가지고 무슨 사진을!

지경　　(매섭게 아빠를 흘기고는 서둘러 파운데이션을 꺼낸다) 이거 바르
면 감쪽같애. 아니 더 깨끗하게 보일 거야.

엄마, 하늘이 입가에 파운데이션을 바른다.
갑자기 토할 듯 입을 막는 하늘, 가방에서 무엇인가를 찾는다.
눈치 챈 엄마가 얼른 사탕을 꺼내 입에 넣어준다.
잠시 후, 파운데이션을 다 발라주고 거울을 향해 하늘이를 돌려
세운다.

지경　　어때? 괜찮지? 참 이쁘다. 이제 사진작가님이 잘 찍어주실
거야.

포토　　(소리만) 자, 찍습니다. 하나, 둘, 이런! 밧데리가 다 됐네. 잠
깐만요,

엄마, 하늘이 포즈를 잡아주고 아빠가 있는 쪽으로 비켜선다.

지경　(낮은 소리로) 의사가 하는 얘기 못 들었어?

지만　들었어. 티내지 말라고!

지경　알면서 그래?

지만　사람, 바빠 죽겠는데!

지경　인간아! 뭐 하는 일이 있다고 바뻐? 하늘이보다 중요한 게
　　　뭔데?

포토　(소리만) 자, 예쁘게 미소, … 좋아요, 하나, 둘,

하늘, 갑자기 욕설을 내뱉는다.
통제할 수 없는 어떤 힘에 이끌려 내뱉는 병적인 욕설이다.
엄마와 아빠는 '또 시작됐다', '미치겠다'는 표정이다.
잠시 후 포토그래퍼가 놀라서 뛰어나온다.

하늘　씨팔좆같이졸라씨발개좆같은씨발개씨발….

하늘, 눈물을 흘리며 부들부들 떨리는 손으로 청테이프를 꺼내
입에 붙인다. 그 위에 다시 마스크를 쓴다.
그 과정에서도 계속 욕이 튀어나온다.

지만　에이씨, 시작했네!

지경	우리 애 이상한 거 아니에요. 그냥 조금, 조금 아픈 거예요.
지만	뭐해, 빨리 찍지 않고!
지경	하늘아, 괜찮아. 괜찮아, 하늘아.
지만	얼른 찍으라니까! 소리까지 찍혀? 안 찍고 뭐하냐고!
포토	네, 네, 찍습니다.
지만	마스크 도로 썼는데 지금 찍어? 당신 장난해?
포토	아니 그럼 나더러 어쩌란 말이에요?
지만	아까 찍었어야지 이젠 틀려먹었잖아! 환불, 어서 환불, 환불!

8.

성대와 마주한 하늘이 모친과 부친.

엄마는 흔하게 볼 수 있는 사정조다. 아빠는 허세가 있다. 딸의 병이 심각하지 않은 거 잘 안다는 듯 여유를 부리나 실은 초조하다.

하얀 가운의 서성대, 카메라 앞에 선 듯 얘기한다.

성대 치료 하려면 무엇보다 환자 자신의 의지가 중요합니다.

지경 의사 선생님, 잘 좀 부탁드립니다.

지만 얘가 꼴에 작심이라는 거, 결심이라는 거, 그걸 단단히 한 모양이에요. 아시잖아요? 요 또래 애들. 이 지랄 같은 병을 반드시 치료해내겠다고.

지경 정말 아무렇지도 않았는데 왜 갑자기 이러는지!

지만 치료 과정을 촬영한다던데. 동의서 같은데 싸인 하라 해서 했거든요. 치료비, 할인 되나요? 오히려 돈을 받아야 하는 거 아닌가? 출연료.

지경 (꼬집는다) 주접떨지 마! 죄송합니다. 우리야 그저 치료만 되면 됩니다.

아빠, 성대와 눈이 마주치자 시선을 피한다.

성대 틱 장애는 청소년, 십에서 이십 퍼센트가 경험한다는 통계가 있습니다. 크게 3가지로 나뉘는데, 눈동자를 굴리거나 머리를 좌우 앞뒤로 흔드는, (시범 보인다) 이런 건 운동 틱이죠.

(반복적으로 헛기침을 해보이고 코를 킁킁거린다) 이런 건 음성틱. 감각틱은 뻐근한 감각이나 불안, 초조, 분노 같은 이상 정서를 자주 느끼는 상태를 말하죠.

지경   우리 아이는 그 세 가지 어디에도 안 속하지 않지 않는 거 아닌가요?

지만   (성대의 눈치를 살핀다) 너무 걱정 안 해도 되는 거라고 그렇게 얘길해도, (웃는다) 여자들이 다 그렇잖아요, 아시잖아요?

성대   … 틱이 일정기간 지속되면 뚜렛증후군으로 발전합니다. 하늘이는 음성틱에서 발전한 예구요.

지경   발전했다구요?

지만   발전은 좋은 건데, 그쵸?

지경   거 좀 조용히 좀 하고 말씀 좀 들어, 쫌!

성대   … 증후군이란 그러니까, 증세 증, 상태 후, 무리 군. 말 그대로 증상을, 증후를 보인다는 건데, 이게 사실은 정확한 치료법이 없다는 것을 의미하죠. 네, 난치병입니다.

엄마는 과장된 제스처로 놀라고, 아빠는 충격을 받아 미동도 없다.

성대   난치병이라고 했지, 불치병이라고 말씀드리진 않았습니다.

아빠, 다행이다. 그제야 어지러움을 느낀 듯 휘청이며 엄마를 의
지한다.

지경   (뿌리치며) 야! 조니? 이 상황에!
지만   … 계속 저 지랄 떨 거라는 건가요?
성대   이 학생은 자신의 의지와 상관없이 튀어나오는 욕설 때문
         에 다른 사람들 시선이 두렵습니다. 자존감이 무너져 일
         상이 어려운 상태죠.

9.

하늘이와 엄마, 아빠, 둘러앉는다.

지만   뭐 먹을래?

지경   그 상황에 졸음이 와?

지만   존 게 아니라 잠깐 어지러웠다니까! 뭐 먹겠냐는데 딴소리는.

지경   우리 하늘이 뭐 먹을래?

하늘, 메뉴판을 처다보는 듯 고개를 돌리는데,

지만   여기 뚝불 세 개!

지경   지 맘대로 시킬 거면서 묻긴 왜 물어?

지만   여긴 뚝불이야.

지경   불고기 많이 주세요! (하늘이 마스크를 벗겨주고 수저, 물컵 등 하늘이를 세심하게 챙긴다) 이제 의사 선생님이 치료해주실 거니까. 밥 많이 먹고 씩씩하게, 알지?

식당 직원, 뚝불 세 개를 내와 테이블에 투박하게 놓고 간다.

지만   싸가지 하고는!

지경   식당에서 제발 그러지 좀 마. 맛있겠다, 어서 먹어.

지만   딸년 때문에 일부러 방으로 달라고 팁까지 줬는데 저러
      니까,

지경   어이구, 참 큰일 했네!

하늘   씨팔좆같이졸라씨발개좆같은씨발개씨발….

지만   아씨, 진짜!

지경   하늘아.

하늘   씨팔좆같이졸라….

하늘, 입을 막고 후다닥 뛰어나간다.

지경   괜찮아, 괜찮아, 하늘아. 하늘아! 의사 얘기 못 들었어? 우
      리가 무심하게 대해야 심해지지 않는댔잖아.

지만   여기서 어떻게 더 심해지냐?

지경   어쨌든!

지만   삶에 보람이 없어!

지경   술이나 작작 먹어.

지만   돈 벌려고 처먹는 술이야. 내가 누구 때문에 돈 버니?

지경   얼마나 번다고 또 그 소리야? 우리 땜에 노래방 가? 우리
      땜에 도우미 불러 주물럭대?

지만   아, 거참!

지경   누가 번 돈으로 사니? 미친 새끼. (버럭) 애 있는 데 티 좀
      내지 말라고 몇 번 말해!

10.

의사 가운의 성대, 차트를 보고 있다. 그 모습 위로 방송프로그램 인트로 음악.
교복 차림의 하늘이가 안내멘트에 따라 자세를 취하며 본보기가 된다.

성대   엄지손가락을 펴고 팔을 앞으로 뻗습니다. 시선은 엄지손 가락에 고정한 채 팔을 앞뒤로 접었다 펴기를 반복합니다.

(코드음)

팔꿈치로 바닥에 엎드려뻗쳐 하고, 다리를 뻗어 발가락과 팔의 힘으로 몸을 지탱합니다. 이 자세를 유지합니다.
(코드음)
앉은 상태에서 팔과 다리로 몸을 감쌉니다.
이때 오른팔이 위로 올라온 경우 다리도 오른쪽 다리가 위로 올 라오도록 자세를 바꿔주세요. 3초 정도 자세를 유지하다가 팔과 다리를 옆으로 쭈욱 넓게 뻗어주세요. 이 역시 반복합니다.
(선글라스를 가운 주머니에서 꺼낸다)
이 동작들은 긴장을 풀고 집중력을 높여주는 효과가 있는데, 뇌 와 연결된 신경세포가 활발히 움직이면 뇌의 움직임도 활성화 되

어 뇌 균형발달에 도움이 됩니다. 이런 신체 활동을 할 때에 이 안경을 쓰고 하면,

야구모자 PD, 등장한다.

PD   컷! 컷!

성대   왜?

PD   왜긴?

성대   이건 의료보조기구야. 뇌 균형발달에 도움이 되는 일종의.

PD   정신 차리자. 응?

성대   알았어, 다시 가. 다시 갑시다.

PD, 나가다말고 다시 성대를 처다본다.

성대   알았다니까.

PD   (퇴장하며) 큐!

성대   뚜렛증후군 원인은 첫째로 뇌기능 저하를 꼽죠. 여기 뇌 심부에 기저핵이라는 영역이 있는데 그 기능이 약해지면 음성이나 행동제어에 문제가 생겨 뚜렛 발병율이 높아집니다. 또 다른 원인으로 척추와 악관절이 있습니다. 경추 1, 2번 구조가 무너지면 밑에 흉추, 5번 요추까지 무너집니다. 이 학생 앉은 자세를 보면 척추 후만증이 아주 심합니다. 여기 턱 또한 휘었습니다.

그러니까 지난 시간에 배운 신체활동과 자세 교정, 그리고 틱을 완화시키는 신경전달물질 성분과 함께 신체면역력을 높여주는 약을 투약하면, 물리적으로는 전방위적인 모든 치료를 다 한다고 볼 수 있죠. (잠시 고개를 숙이고 생각에 잠긴다) 그러나 근본적인 원인이라 할 환경을 개선하고 스트레스 요인을 제거해야합니다. 네, 심리치료, 맞습니다.

숄을 두른 엄마와 체크 재킷, 금테 안경의 아빠, 한쪽에 나타난다.

지경   저희 집엔 진짜 아무 문제가 없습니다.
지만   지 먹고 싶다는 거, 갖고 싶다는 거,
하늘   씨, 씨, 씨, 씨.

욕이 튀어나오는 하늘, 애써 참으려 한다.
아빠, 욕설이 거슬리지만 아무렇지 않은 듯 얘기한다.

지만   하고 싶다는 거 다 해줍니다.
하늘   씨, 씨팔좆같이졸라씨발.
지경   아주 평범하고 일반적인 그런 집이에요.
하늘   씨팔좆같이졸라씨발개좆같은씨, 씨, 씨.
지만   아시잖아요, 우리 클 때와 비교도 안 되는 거.
하늘   씨,씨,씨팔좆같이졸라씨,씨,씨,씨발개좆같은씨발개씨발….

성대, 휴대폰으로 음악[1]을 튼다.

하늘, 욕설이 더욱 거칠다.

음악이 흐른다.

잠시 후 어느 지점에서 하늘이 음성이 들리지 않는다. 욕설이 멈추었다.

눈물 글썽한 엄마와 심각한 표정의 아빠, 하늘이를 쳐다본다.

한동안 모두 음악을 듣는다.

하늘이는 표정 없이 정면을 응시한다.

PD, 손으로 네모를 만들어, 혹은 방송용 카메라를 들고 촬영하듯 지나간다.

---

1) "차이코프스키 4번 교향곡 2악장 비애"와 같은 클래식

11.

의사 가운을 입은 성대와 마주 앉은 교복의 하늘이, 빤히 쳐다보
고만 있다.

성대   엄마랑 아빠랑 수영 잘 하시니? 두 분 모두 수영을 못 하
신다고 가정해보자. 뱃놀이를 하다가 배가 뒤집혀 물에
빠졌다면, 누구를 먼저 구하겠니?

하늘, 욕설을 뱉을 때처럼 괴상하게 킬킬거리며 웃는다.

성대   뭐가 웃기지?
하늘   씨,씨팔조,조,좆같이씨,씨.

하늘, 욕설을 뱉으면서 휴대폰에 문자를 찍어 성대에게 보여준다.

성대   (폰 액정을 보고) 너도 수영을 못 하는 구나. 내가 멍청한 질
문을 했네.
(양손으로 가위질을 해보이며) 이 부분은 통편집, 알지?

킬킬거리는 하늘이와 함께 성대도 웃는다.
그 미소를 보고 하늘이는 금방 기분이 나빠진다.

성대   … 꿈을 꾼 적 있니? 생각나는 꿈이 뭔지 얘기해볼까?

하늘, 다시 폰으로 문자를 찍어 보여준다.

성대   … 나도 물론 꿈을 꾸지. 내가 무슨 꿈을 꿨는지 대답하면
        하늘이도 말해줄 거야? … 어젯밤에, 어젯밤에 난… 매를
        맞는 꿈을 꿨어… 넌?

하늘   … 자전거 타는 꿈.

성대   자, 자전거 좋아하는구나? 혼자 탔니?

하늘   내 차례임.

성대   (미소) 그래, 하나씩 질문을 하기로 하지.

하늘   … 누구한테…?

성대   맞았냐고? 친구들… 자전거를 타고 어딜 가고 있었지?

하늘   언덕에. 친구 직업?

성대   … 선생인 친구도 있었고, 경찰이 된 친구도 있었지. (하늘
        이를 살핀다) … 언덕엔 왜? 누굴 만나기로 했나?

하늘   올라가려구.

성대   올라가? 아, 언덕이니까? 왜?

하늘   표정은? 웃는? 아님 화난?

성대   … 웃는 친구도 있고, 화를 내는 놈도 있었지… 언덕에 왜
        올라가? 누굴 만나기로 했니?

하늘   (빤히 쳐다보다가) 거짓말.

성대   무슨 말이야, 그게. 하늘이는 나한테 거짓말 했나? (미소)

언덕은 왜 갔는데?

하늘 내려가려구… 머리는 왜 길러? 자르려구. (점차 흥분한다) 왜 그런 옷을 입어? 벗으려구! 화장을 왜 해? 지우려구!

성대 (감정의 동요 없이) 하늘아.

하늘 학교엔 왜 가? 집에 오려구! 밥은 왜 먹어? 똥 싸려구!

성대 자리에 앉아서 숨을 쉬어. 크게. 그러면 진정이 될 거야.

하늘 (소리 지른다) 왜 일어났어? 앉을 거니까! 왜 앉아? 일어날 거니까! 졸라 싫어! 졸라 졸라 바보 같애!

뛰쳐나가는 하늘이.

성대는 잠시 하늘이를 바라보다가 천천히 카메라를 향하듯 걸어 나온다.

한쪽에 엄마와 아빠가 나타난다.

성대 똑똑한 아이입니다. 곤란한 질문에 웃음과 원천적인 방어를 하더니, 꿈에 대한 질문엔 조건을 달아 역공을 했어요. 내가 매 맞는 꿈을 꾸었다니까,

지경 원래 자전거를 좋아했어요.

지만 멘탈적으로 아무 문제가 없다니까요.

성대 꿈에 대한 질문은 솔직한 대답이 목적은 아닙니다.

지만 집에 문제가 있어야 문제가 생기지!

성대 환자들 대부분 꿈 얘길 지어내죠. 어떤 꿈을 지어내는가, 그 내용이 목적입니다.

지만	지랄병을 고쳐달라구요. 여기가 정신병원입니까?
성대	… 왜라는 질문에 민감하게 반응했어요. 갑자기 감정을 드러냈습니다.
지경	… 왜.
지만	왜?… 왜?

엄마와 아빠, 신경질적인 시선으로 서로를 탓하듯 쳐다본다.

12.

흰 가운의 성대, 차트를 보고 있고 조금 떨어진 곳에 앉아있는 하늘이는 발장난을 하고 있다.

성대 아무 것도 쓰지 않았구나… 첫 문장을 고르랬잖아. 나는 이제 용서한다. 또는, … 나는 지금도 용서할 수 없다. 둘 중에 하나를 첫 문장으로 삼으면 어렵지 않을 거라고 했는데, 잊었니?

하늘 … 용서하든 말든 내용은 어차피 똑같다는. 용서할 수 없는 것들.

성대 난 하늘이가 빨리 건강해질 수 있도록 도우려는 거야.

하늘 거짓말 취미 없다는.

성대 무슨 뜻이지?

하늘 뇌가 기억하는 거, 전체가 아닌 주요장면임. 주요장면들만 묶어 만든 이야기가 기억.

성대 잘 아네.

하늘 매끄럽게 진행시키려고 살까지 붙인다는.

성대 그렇게 기억에 왜곡이 생기기도 하지. 특정사건을 중심으로 얘기할 때 장면을 재배열하기도 하고, 있지도 않았던 새로운 얘길 덧대기도 하지.

하늘 자기중심적 기억 왜곡.

성대   기억이란 현재의 나를 위해 편의상 변하기도 하니까.

하늘   나중엔 지어낸 얘길 믿어버림.

성대   모두가 항상 그러는 건 아니고.

성대, 웃으며 하늘이를 유심히 쳐다본다.

하늘이는 그런 시선이 성가시다.

성대   남친이랑은 언제 헤어졌지?

하늘, 놀라지만 내색하지 않는다.

성대   아침 똥, 해결했어? 하루에 몇 개나 피니? 담배 말이야.

하늘   헐!

성대   담배의존도가 어느 정도지? 아침 공복에 피우나? 등교 전
에? 냄새까지 숨길 수 있다고 믿는 건 아니지?

하늘   그런 질문, 치료랑 무슨 상관임?

성대   … 말을 거는 데 자꾸 쌩까니까.

하늘   쌩? 의사가 그런 말을 써도 되는 거임?

성대   안될 건 뭐야? 상태를 분석하고 화제가 될 만한 공통점을
찾으려는 건데.

하늘   (코웃음) … 없을 거임. 난 어른이 아니니까.

성대   … 어른은 어른들끼리만 공통점이 있다?

하늘   뭐래?

성대	그럴 수도 있겠다. 어떤 어른도 자기가 어른이라고 생각하지 않는 건 비슷할 테니까.
하늘	(코웃음) 우리도 지가 열여덟이라고 생각하는 앤 없다라는.
성대	누구나 어릴 땐,
하늘	어른처럼 군다? 흥, 아닌데… 어른들 약점은 뭐임?
성대	약점? 사람마다 다르겠지.
하늘	어른마다?
성대	그래, 어른마다.
하늘	없는 어른도 있음?
성대	물론.
하늘	뻥!
성대	거짓말이다? 약점 없는 어른은 없다?
하늘	… 슈퍼히어로도 약점이 있으니까.

성대, 기가 막히다.

하늘	슈퍼맨은 크립토나이트가 약점이고, 배트맨은 엄마 아빠의 죽음, 스파이더맨은 외삼촌이 살해당한 트라우마가 약점이니까.
성대	(웃는다) 엑스맨은?
하늘	돌연변이에 대한 사회적 편견.
성대	아이언맨은?
하늘	그놈에 멘탈!

성대   (웃음기 지운 얼굴로) … 넌?

하늘, 대답을 못하고 성대를 뚫어지게 쳐다본다.

성대   너한테… 크립토나이트는… 뭐지?… (냉랭하게) 남자 친구야?

하늘   … 씨팔좆같이졸라착한척코스프레개드립씨발개좆같은씨발씨발….

성대   그 정도 정보도 없이 이러고 있는 줄 알았어? 대답해! 언제 헤어졌냐니까 움찔했잖아. 대답해!

하늘   씨팔좆같이졸라,개씨발,씨,씨,씨발개씨발착한척코스프레개드립씨발개좆같은씨발개씨발….

하늘이는 귀를 막고 끊임없이 욕설을 중얼거린다.
성대, 촬영하는 듯 앞으로 나선다.

성대   속내를 드러내기 꺼렸지만 결국 남자 친구를 인정했고, 그때부터 대화에 응하기 시작했습니다.

13.

의자에 앉아 있는 성대와 실루엣만 보이는 강인한.

하늘이는 같은 공간에 있는 듯, 아닌 듯 서성거린다. 말하는 중간 중간 음성틱을 보인다.

하늘　… 난 생일날 장롱에 갇혔었어.

성대　하늘이는 남자친구와 어떻게 만났는지 얘길 시작했습 니다.

인한　(소리만) 난 다용도실에 갇혀 이틀 동안 있었어.

성대　하늘이와 동갑내기로 학원에서 만난 강인한이라는 친구 였죠. 그때까지만 해도 뚜렛증상이 아닌, 음성틱을 보인 모양이었습니다.

강인한, 가방을 메고 천천히 걸어 나온다. 하늘이와 다른 학교 교 복 차림이다. 얼굴은 멀쩡한데, 누구한테 맞았는지 뒤통수에 피가 잔뜩 엉겨있고, 목 뒤로 핏물이 흐르다 마른 자국이 보인다.

하늘　난 지금까지 해도 된다는, 쿵! 허락을 받아본 적이 없어. 늘 엄마는 안 돼, 안 돼,

인한　늘 지 승질을 못 이겨 나한테 피우던 담배를 던졌어. 때렸 어. 아빠는,

하늘	더러워. 싫어. 쿵! 날 만지는 느낌이, 쿵! 쿵! 쳐다보는 것도 다.
인한	(악을 쓴다) 내가 맞고 다니지 말랬지! 내가 맞고 다니지 말랬지!
하늘	아파도 학원 가서, 쿵! 아프라고.
인한	그러면서 맞고 들어왔다고 날 팼어.
하늘	맨날 더 먹으래. 속이 안 좋다는데,
인한	남기지 마. 남기면 벌 받어.
하늘	쿵! 밥 먹는 데도 죄책감이 생겨.
인한	씨발.
하늘	좆같애.

하늘과 인한, 서로를 쳐다보며 웃는다. 이후 더욱 친근하다.

성대	둘은 그렇게 친해졌고 서로를 재확인했습니다.
인한	니가 그렇지 뭐…?
하늘	아니.
인한	니가 하는 짓이 그렇지! 니까짓 게 뭘 한다고! 아니, 넌 안 돼!
하늘	아니.
인한	비슷하지도 않아?
하늘	응.
인한	모르겠다.

하늘	제일, 쿵! 쿵! 싫어하는 말이라니까.

사이.

하늘	… 엄마,

둘, 동시에

소원이야.

하늘과 인한, 크게 웃는다.

인한	왜 엄마 소원을 내가 들어 줘야 하는 건데?
하늘	옷 벗어봐.
인한	옷?… 왜?
하늘	빨리 쿵! 벗어봐.

인한, 머뭇거리자, 하늘이가 반강제로 상의를 벗긴다.

인한	뭐, 뭐하려구? 왜 옷을 벗으래?
하늘	바지도.
인한	뭐? 어우, 야….

하늘이도 상의를 벗어던지고 인한이 상의를 낚아채 입는다.

하늘   바지! 쿵! 빨리!

인한이, 바지를 벗고 쪼그리면, 하늘이는 그 바지를 입고 치마를
벗어 준다.

하늘   입어.
인한   미쳤어?
하늘   그냥 확 가버린다!

인한, 하늘이 치마를 입는다.

하늘   낫 배드! (웃는다) 이렇게 해봐!

하늘이, 쿵, 쿵 거리며 립스틱, 아이라이너, 손수건 등을 꺼내, 발
라주고 그려주고 헤어밴드처럼 묶어준다.
인한이도 아이라이너로 하늘이 인중과 턱에 마구 점을 찍는다.
수염처럼 보인다. 야구모자로 하늘이 긴 머리카락까지 숨겨준다.
그리고 나란히 선다.

하늘   잘생쁘다!
인한   뭐? (웃는다. 여자 같은 제스처로) 초면에 사랑합니다!

하늘이도 남자처럼, 인한이는 여자처럼 포즈를 취하며 깔깔 웃는다. 폰 카메라로 사진 찍으며 무대를 휘젓고 다닌다.

그 모습을 바라보는 서성대, 차트에 메모를 한다.

하늘이는 휘파람을 불고, 인한이는 립스틱을 덧바른다.

인한   참 깨끗하다, 참 착해, 휘파람. 그치?
하늘   뒤통수는, 쿵! 누가 때렸어?
인한   … 만일 몇 시간 못 산다면 뭐 할 거야?
하늘   몇 시간? 몇 시간, 쿵! 인데?
인한   그냥 몇 시간.
하늘   그러니까 몇 시간이냐구?
인한   그렇게 숫자가 중요하냐?
하늘   … 울겠지. 넌?
인한   난 몇 명 죽일 거 같은데?
하늘   쿵! 쿵! 누굴?

사이.

하늘   죽을 때가 되면 진짜 다 후회하고 그럴까?
인한   어떻게 살았냐에 따라, ….
하늘   후회되는 거 없어?

인한	좆같은 거랑 후회되는 거랑 다른 거지?
하늘	아마.
인한	그렇다면 없어.
하늘	쿵! 아직 죽을 때가 안 됐나 부다.
인한	년? … 있어? 있구나?
하늘	쿵! 쿵! 뭐 그냥.
인한	… 뭔데? 제일 후회되는 게.
하늘	… 태어난 거.
인한	… 우리 복수할까?
하늘	난 쿵! 쿵! 쿵! 쿵! (고개를 가로젓는다)
인한	혼내거나 골려주고 싶은 사람도 없어?
하늘	있으면?… 어떻게 쿵, 혼내줄 건데?
인한	확 그냥 막 그냥 내가 한번 시원하게 보여줘?
하늘	(고개를 끄덕인다) 쿵, 쿵.

인한, 대답 없이 빙그레 웃는다.

14.

지경 다른 집이랑 별로 다를 게 없어요.

성대 다른 집들이 어떻다고 생각하시죠?

지경 뭐 그냥, … 애가 좀 별나요. 안 먹는 것도 많고 한번 씻기 시작하면, 어찌나 지 몸을 생각하는지, 두 시간은 기본이 구, 그러면서 방은 돼지우리에, 맨날 택시만 타려 들고. 하 루종일 핸드폰만 끼구 사는 거 쳐다보구 있으면, (한숨)

성대 있는 그대로 얘기 하셔야 합니다.

지경 … 숨기는 거 없다니까요,

지만 담배도 핍니다.

지경 요즘 애들 다 펴.

지만 끊는 게 추세래… 거짓말도 하구요.

지경 하늘이가 언제? 무슨 거짓말?

지만 그만 좀 싸구 돌아!

성대 … 따님이 왜, 무엇을 위해 거짓말을 한다고 생각하십 니까?

지만 … 기집애가 너무 일찍 남자를 안 거 같아요.

지경 뭘 얼마나 알았다구, 무슨 남자를!

지만 어쨌거나 그놈 때문 아니야?

지경 그냥 친구예요.

지만 친군데 그런 짓을 해?

지경 시끄러! 애비가 돼가지구! 이 부분은, (양손으로 가위질을 해
     보이며) 부탁합니다. 이거 방송되면 안 돼요!

성대 걱정 마세요. 개인 신상은 비공갭니다. 얼굴도 모자이크
     처리되니까. 하늘이가 어떤 거짓말을 했죠?… 남자친구한
     테 무슨 일이 있었죠?

     엄마와 아빠, 대답은 못하고 난처해한다.

성대 카메라 잠시 끄고 갑시다.

지만 에이씨! 그래서 내가 애한테 참견 좀 그만하랬지!

지경 넌 잘했냐? 무슨 죽을죄를 졌다고, 애를 왜 때려?

지만 밥 달라, 물 달라, 지 애비가 몸종이야? 그게 잘하는 짓
     이냐?

지경 집에서 있으면서 그 정도도 못해줘?

지만 하여간 여편네고 딸년이고, 확 그냥!

지경 그게 애비가 돼서 할 소리냐? 확 그냥, 뭐? 뭐?

     엄마, 아빠의 어깨를 잡아당기고 밀친다.

성대 있었던 그대로 말씀을 하지 않으시면 치료가 어렵습니다.

지경 … 그게 실은 오늘….

     하하늘과 강인한, 본래 자기 교복 차림으로 뛰어 들어와 한동안

무대를 달린다.

인한   어때?

하늘   쿵! 진짜, 쿵! 쿵! 생중계를 한다고? 어떻게?

인한   예스 오아 노?

하늘   일단 보고! 쿵!

15.

이동식 행거 뒤에 서 있는 강인한, 교복을 벗는다.
마른 체형의 실루엣이 드러나고, 그 위로 음악이 흐른다. 보란 듯
이 전형적인 포즈로 스타킹을 신고, 브래지어를 착용한다.
같은 공간에 있는 하늘이, 소리치며 엄지를 들어 보인다.

하늘   대박!

기다란 속눈썹, 마스카라, 립스틱, … 매우 진하게 화장을 하는 인
한, 검은색 빌로드 재질의 목걸이를 목에 감는다.

인한   하늘! 이제 노래질 거라는! (웃는다)
하늘   고! 고! 쿵! 쿵! 렛츠고!

한쪽에 나타나는 웹캠과 키보드, 모니터, 그리고 개인방송용 카
메라.
인한, 키보드를 두드리고 마우스를 클릭, '인터넷 방송'을 시작한다.
하늘이는 호기심 어린 눈으로 재밌게 구경한다. 이후 핸드폰의
어플리케이션으로 방송도 함께 확인한다.

인한   쎄라의 유혹에 방에 온 거 완전 환영! 알지?

어머! 입장하자마자 사랑행쇼님이 별풍선 5개! 쌩유!

아웅, 쎄라 예뻐? 흥흥, 바스트는 내꿈 님, 100점 고마워용!

자, 자, 이제 사, 오십대 꼴라꼰대방으로 입장!

오늘에 먹잇감은 누가 좋을까? 골라줘잉!

(웹 카메라를 들어 모니터를 비춘다)

(중년사내들의 톡방 초대 요청이 쇄도한다)

자, 프로필 열람!

아이디 불타는 이 가슴 님! 변태력 쩔어!

경찰대학 나와 경찰 근무 중인데,

뭐? 마흔둘에 행시 준비?

프로필만 봐도 졸라 권력겁딱지네! 이 분 모실까?

아흑, 이 반응쟁이들!

자, 그럼 채팅 마이크는 음소거! 방송용 마이크는 볼륨업!

롸잇나우 스타또!

'불타는 이 가슴'의 화상채팅 초대 요청에 응하는 인한.

상대 '불타는 이 가슴'은 모니터 화상 창에 털투성이 가슴만 보인다.

인한이도 웹캠 각도를 조정, 레이스 장식의 브라만 보이게 한다.

이후 대화창에 타이핑되는 문자들은 " 안에 표기하기로 한다.

강인한. 채팅을 하면서 방송카메라를 향해 타이핑하는 문자를 읽기도 하며 연신 주절주절, 진행한다.

불타는	'우선 챗톡 어때염?'
인한	'그게 편한가 봐요?'
불타는	'이런 데 자주 와요?'
인한	(방송카메라를 향해) 얘, 뭐야? 재수 없어! 지는 지금 어디 있는데? '거두절미 본론 돌입.' 이렇게 세게 나가면 이런 애들 바로 본색질이지.
불타는	'본론이라…'
인한	'눈팅 2만, 홀라댄스 추가 1만'
불타는	'거긴?'
인한	이 새끼, 꼴렸나봐. 좀 있다 개 발릴 거 모르고, 정신병신 새끼! '기본 3만, 벌린 건 5만.'
불타는	'아흑!'
인한	좋텐데! '서식지 좌표 날리면 패트롤카 타고 방문하는데 10만! 아, 싸다!'
불타는	'패트롤? 경찰차?'
인한	'그만큼 빠르게 간다 이거지잉'
불타는	'일단 얼굴부터'
인한	비주얼 확인하시겠댄다. '그럼 2만'

인한, 웹캠으로 가슴에서 허리와 엉덩이 라인까지 훑다가 얼짱 각도로 갖은 요염한 포즈를 취한다. 그리고는 다시 모니터에 장

착, 브래지어만 보이도록 각도를 잡는다.

불타는 '댄스 추가'

인한 꽂혔다, 얘. (웃는다) 나 어떡해? 아예 이 길로 나가?

인한, 현란하게 걸그룹 댄스를 춘다.

불타는 '3만 추가, 아니, 5만, 아니아니 10만! 좌표 찍는다!'

인한, 박장대소한다.

하늘 좌표가 뭐야?

인한 (키보드를 두드린다) 일단 입금부터! 지가 있는 곳 주소! 나더러 와 달래는 거잖아. 지금까지 채팅 창 싹 다 캡쳐하고, 잠시 기다리는 거야. 쓰리, 투, 원, (폰을 가리키며) 큐!
('띠링' 문자 수신음) 봤지? 입금 완료! 그럼 이제 마이크를 켜서, (일부러 더 굵은 목소리로 '불타는 이 가슴'한테) 아저씨, 아니 경찰관님. 좆 되셨네요. 미성년자 매춘으로 신고 들어갑니다. 심쿵! 짜릿하시죠?
아, 그리고 이미 음성 들어 아시다시피 나는 남자라네!

화상채팅 창이 급격히 꺼지고, 인한이는 미친 듯이 웃는다.

하늘	대박! 쿵! 쿵!
인한	완전 초대박지!
하늘	근데, 그러다 잡히면?
인한	안 잡혀! 정 불안하면 너랑 나랑 바꾸면 되잖아.
하늘	뭘?
인한	골탕 먹이고 싶은 사람을! 난 너를 위해, 넌 나를 위해,
하늘	대신 혼내주자?
인한	우리가 학교가 같은 것도 아니고, 겹치는 건 학원뿐인데 내가 또 그만뒀잖아. 자, 빨리 전화번호든, 아이디든 줘봐.
하늘	그게, … 쿵, 쿵. (망설인다)
인한	없어?
하늘	난, 쿵, 쿵, 쿵.
인한	잠깐! 이 새끼부터 발라버리자. 아까부터 초대문자 도배질을 한다, 아주. (웃는다) 아이디가 까꿍! 이야? 오케바리! 까꿍님을 초대하고, (채팅 창에 "까꿍님!"을 초대하고 타이핑한다) '까꿍님! 안녕하삼!'

어디선가 굵은 남자 음성이 들린다. 이어서 실루엣으로 등장하는 형과 아버지.

兄(지경)	(소리만) 강인한! 이게 또!
인한	형! (놀라서 주저앉는다) … 아, 아버지!
父(지만)	이 미친 새끼!

아버지와 형, 인한이한테 주먹을 날리고 걷어차다가 발로 밟기
까지.

하늘이는 놀라서 소리도 지르지 못하고 겁에 질려 운다.

어둠 속에서 한동안 폭력이 이어진다.

하늘　　　그만, 그만. 제발요. 인한아. 인한아. 쿵! 쿵! 쿵!

16.

쪼그리고 앉아 귀를 틀어막고 있는 하늘.

하늘   쿵, … 쿵쿵, … 쿵!

천천히 틀어막고 있던 귀에서 손을 떼어 무릎을 감싼다.
엄마 아빠 소리와 모습이 들리고 보인다.

지만   몰랐다니? 말이 돼?
지경   심각한 거 아니야. 괜히 수선 떨지 마.
지만   딸년이 무슨 짓을 했는지 알고도 그런 말이 나오지?
지경   장난이었다는 얘기 못 들었어?
지만   미쳤구나, 니가?
지경   덜 떨어진 새끼.
지만   애가 저 지경이 되도록 뭐했는데?
지경   돈 벌었다! 놀구 먹는 너 때문에 돈 벌었어! 몰라서 묻니?
지만   하늘이 쟤, 어떡할 거야?
지경   뭘 어떡해? 그리고 그걸 왜 나한테 묻는데? 집에서 넌 뭐
        하는데?
지만   하늘이가 어떤 애를 친구로 사겼는지 알아? 인한인지 뭔
        지 하는 새끼 아빠한테 전화 받고 얼마나 놀랐는지 알아?

이 시간에 기어들어와 찔려서 이러지, 너?

지경　내가 놀다 왔니? 놀다 왔어?

지만　밖에서 뭔 짓을 했는지 알게 뭐야?

지경　(재킷을 벗어 위협적으로 팽개친다) 내가 놀다 왔어?

지만　딸, 옷 입어.

지경　(악을 쓴다) 내가 놀다 왔어?

지만　(깜짝 놀라면서도 굽히지 않는다) 소리 좀 그만 질러! (하늘이에게)
　　　니 엄마 또 시작이야. 옷 입으래는데 뭐해?

아빠, 하늘이 팔목을 잡아끄는데, 하늘이가 이를 뿌리친다.

지경　하늘이 니 편으로 만들면 합리화가 될 거 같애?

지만　나더러 딸내미 어떡할 거냐매?

지경　한 발짝만 나가봐!

지만　야, 하하늘! 옷 안 입어?

하늘, 다시 귀를 손가락으로 틀어막는다.
엄마와 아빠, 몹시 성을 내며 싸우는데 소리가 들리지 않는다. 입
모양을 보면 육두문자까지 쓰면서 싸우는 듯하다.
하늘, 잠시 틀어막은 귀에서 손가락을 뗀다. 그러자 다시 엄마 아
빠 소리가 들린다.

지만　뭐, 이혼?

지경   그래! 이혼!

다시 귀를 틀어막는 하늘. 소리도 들리지 않는다.
엄마, 서류 뭉치를 집어 아빠한테 던지고, 아빠는 그 서류를 찢는다.
하늘, 다시 귀를 연다.

지만   성씨 개명? 니가 진짜 미쳤구나? 이혼하고 애 성까지 바꾸면? 그런다고 이 아빠가 지워지니?

지경   너 따위 아빠 성 달고 뭐 좋은 일이 있겠니?

지만   남자 생겼니? 애 성까지 바꿔서 동생이라 그럴라구?

지경   못 할 것도 없지!

지만   너, 그 결벽증! 하늘이 쿵쿵 대는 것도 다 니 결벽, 강박 때문이야!

엄마는 갑작스럽게 아빠의 따귀를 때리고, 이에 눈깔이 뒤집힌 아빠는 엄마 목을 조른다.

지만   이게 근데! 죽어봐! 그렇게 못 살겠으면 죽어버려!

지경   이거 안 놔? 이 새끼야, 이거 놔!

하늘, 쪼그려 앉은 채로 몸싸움을 하고 있는 엄마, 아빠를 쳐다본다.

지경   (하늘이한테) 신고해! 하늘아, 신고해! 어서!

하늘, 천천히 일어난다. 과호흡증으로 숨이 가빠진다. 잠시 후.

하늘   씨,씨,씨,씨팔좆같이졸라씨발개드립코스프레씨발개씨발
개씨발….

17.

이윽고 밝아지면, 서성대, 검찰에 재소환 되어 2명의 검사에게 조사를 받고 있다.

성대, 식은땀에 흠뻑 젖은 채 겁에 질려 허둥거린다.

성대   제발, 제발. 전 아닙니다. 제 말을 믿어주세요!

검사   당신 혼자가 아니다? 공범이 있다?

성대   그게 아니라,

여검사   통장 어디 있습니까?

성대   정말 모릅니다.

여검사   증거 남는다고 현금으로 받았다면서요?

지만   업체 측 실무자가 진술했는데도 아니라고 잡아 뗄 겁니까?

여검사   거래가 많아지면서 사외이사로 임용됐고 결국 비자금 금고지기 노릇을 하면서 차명계좌까지 제공한 거 아닙니까!

성대   진짜 몰라요, 모르는 통장입니다!

여검사   서 박사님. 병원과 제약회사의 썩어빠진 리베이트 관계, 이젠 모르는 사람이 없을 정도로 공공연한 사실입니다. 당신은 타겟을 바꾼 거뿐이구요. 이미 포화상태인 제약회사에서는 더 이상 뭐가 나올 거 같지 않고. 당신은 방송을 타 유명세를 얻은 데다 때마침 건강정보 방송은 성황을

이루니까, 영악하게 제약회사 대신 건강보조식품회사를 접촉, 중국 진출까지 떡밥으로 던지면서 거래 규모가 커진 거 아닙니까?

성대   여검사님 말씀,

여검사   여검사?

성대   아니아니, 검사님 말씀, 다 맞는 말씀입니다. 추론 근거가 논리적이고 또 현실적으로도 절대 틀린 말씀 아닙니다, 아니에요. 그런데 전 차명계좌를 만든 일도, 사용한 적도 없어요. 더구나 지금 거론되고 있는 업체는 이미 중국지점이 수십 개인 거로 알고 있습니다. 또한 제가 방송에서 소개한 홍삼에 관한 것은 특정제품 소개가 아니라 동의보감에도 나오는 수준입니다. 이게 팩트예요.

검사 2인, 서로를 쳐다보며 수긍하는 듯한 표정을 짓는다.
성대, 검사들의 표정을 읽으면서 점점 자신에 찬 어조로 말을 잇는다.

성대   단지 아쉬운 건 팩트를 팩트라고 증명할 방법이 지금 말씀드린 이 내용뿐이다, 이게 전부다, 라는 겁니다. 그래서 paradoxically 아니, 그러니까 역설적이지만 저는 차명계좌를 만든 적도, 사용한 적도 없다는 이 팩트가, 아니라는 증거를 댈 수 없다는 것이 증거가 되지 않겠느냐고 말씀드리고 싶습니다. 제발 믿어주세요.

검사 2인, 웃는다.

여검사　우리가 확증을 댈 수 없는 게 무죄인 증거다, 그런 말씀이
네요?

그들의 웃음이 의아하던 성대, 복잡한 심경으로 그들의 비위를
맞추려는 듯 따라 웃는다.
더욱 크게 웃는 검사 2인과 서성대.
잠시 후 그 웃음이 잦아들고, 여검사가 차분하게 묻는다.

여검사　서 박사님, 모친 어디 사시죠?
성대　엄마요? 도, 돌아가셨는데요.

2인의 검사, 다시 파안대소를 한다.

검사　질병! 거기 서! 닥터 서! 의학박사 서 박사님! 우리가 동네
순경 같애요?
성대　무슨 말씀을요. 그, 그럴 리가 있겠습니까?
여검사　(하 검사한테) 지역 경찰관 비하하나? 요즘 세상엔 그런 발
언도 문제 되는 거 몰라?
검사　죄송합니다.
여검사　모친, 등초본 상 주소지 말고 실 거주지, 어디죠?
성대　돌아가셨는데 어떻게 실 거주지가 있겠습니까, 검사님.

여검사   서성대 씨. 모친 함자가 어떻게 되시죠?

성대   김,

검사   시끄러, 이 돌팔이 새끼야! 의사라는 새끼가 말이 되는 소리를 해야지! 여자 쉰아홉에 애를 낳을 수 있어? 웃어주니까 이 새끼가, (쳐다보는 지경의 시선에) 죄송합니다.

여검사   출생신고는 당신 외할머니 밑으로 되어 있고, 호적 상 막내누나인 서현정 씨가 생모인 거 알고 있습니다.

검사   그 시기 서현정 씨 산부인과 진료기록을 확인했으니까 잡아 뗄 생각일랑 마시고.

여검사   아픈 개인사가 있었을 것으로 압니다.

검사   자기연민엔 빠지진 마시고. 아버지를 아버지라, 형을 형이라 부르지 못한 홍길동을 봐서라도. (웃는다. 여검사의 반응이 없어 빠르게 표정을 정리한다) 며칠 시간 드릴게. 통장 갖고 오셔. 서현정 명의로 만든 차명계좌.
자발적으로.

여검사   … 양형에 참작하겠습니다.

18.

희미한 불빛 아래, 서성대, 절뚝거리며 뛰어 들어온다.

생모 '서현정의 집'에 찾아온 듯하다.

실루엣으로 보이는 그이지만 몹시 다급하고 불안하게 두리번거린다.

그 앞을 비추며 지나가는 자동차 헤드라이트.

땀에 흠뻑 젖은 서성대의 표정을 재삼 확인할 수 있다.

잠시 후 다시 일어나 초인종을 누른다.

아무런 기척이 없다.

다시 초인종을 누르려는데, 자동차 헤드라이트가 지나간다.

딴청을 피우는 듯 휴대폰 액정을 확인한다. 문자를 보냈는데 아직 확인을 안 한 모양이다.

성대　　이런 빌어먹을! 문자 확인도 못해?

두리번거리다 나지막이 소리친다.

성대　　성대야! 서성대!

생모 서현정(이지경 분)이 뒤에서 등장한다.

생모는 성대를 쳐다보고, 성대는 그녀의 시선을 회피한다.

성대	이 밤에 어딜 갔다 와?
생모	오랜만에 만나 말버릇하고는!
성대	어딜 갔다 오냐고? 문자도 확인 못해?
생모	자꾸 사람들이 찾아와.
성대	잠깐일 거랬잖아.
생모	없는 척하는 것도 한두 번이지.
성대	그래서? 만났어?
생모	… 요 앞에 방을 얻었어.
성대	집 놔두고, 왜?
생모	그놈들 만날까봐. 눈에 띄면 전부 죽는 거라매?
성대	그래두 죽긴 싫은가봐?… 어디에 얻었는데?
생모	요 앞에.
성대	누군지 직접 확인하시겠다? 흥. 머린 돌아가네.
생모	그게 엄마한테 할 소리니?
성대	그 소리 하지 말랬지? 누나가 왜 내 엄마야?
생모	그만하고 가.
성대	절대로 눈에 띄면 안 돼. 곧 다 끝날 거니까.
생모	알았으니까 가라고.

성대, 냉큼 돌아서서 가다가 다시 돌아와 지갑에서 현찰을 꺼내
내민다.

성대	받어.

생모, 담배를 꺼내 입에 문다.

이를 본 성대, 그녀 입에서 담배를 낚아채 부러뜨려 집어던진다.

생모 할머니 생각이었어.

성대 뭐가?

생모 너 하나, 잘 키우겠다고 혼자 안달복달 해봐야 소용없다고. 잘 키우기는커녕 애 망칠 거 불 보듯 뻔하다고. 딸년 하나 있는 거 망쳐봐서 잘 안다고. 니 할머니, 아니 니네 엄마가 그랬어.

성대 아, 진짜.

생모 손자, 아들 삼아 잘 키울 테니 내 인생 살라고.

성대 그래서 그 인생 잘 살았어?

생모 넌 멀쩡하게 잘 컸잖아.

성대 고맙네, 덕분에.

생모 … 나도 기분 더러웠어. 니가 크면서 말 배워 처음 날 누나라 불렀을 때.

성대 이래서 노화도 병이라는 거야. 한 소리 또 하고 또 하고.

생모 할머닌 줄도 모르고 엄마, 엄마, 끌어안고 뽀뽀하고. 그건 괜찮아. 근데 혼구녕이 나서 울고불고 해놓고도 끌어안고 자는 걸 보면 속이 뒤집어졌어.

성대 절대 먼저 연락하지 마. 찾아오는 놈들 눈에 띄지도 말고.

성대, 간다.

그 뒷모습을 지켜보는 생모.

19.

성대, 거울 앞에서 넥타이를 매고 있다.

성대 감동을 끌어내야 해. 감동을.

PD, 스피커 음성으로 대답한다.

PD (음성만) 중간에 상황 봐서 울어. 내가 얼굴 확 당길 테니까.

성대 클로즈업이 어색하진 않을까?

PD (음성만) 나야, 나. 강 피디. 남친 스토리는 애니메이션 처리할 거고, 리얼감은 하늘이 변조된 음성으로 줄 테니까 좋은 상담으로 진정성을 잘 좀 이끌어 내봐. 오케이?

성대 오케이.

성대, 심호흡을 하고 하늘이한테 다가간다.
하늘이는 어두컴컴한 곳에 웅크리고 앉아있다.

성대 남자친구 제안에 왜 아무 이름도 대질 못했지? 그 방식에 동의할 수가 없었나? 상대를 바꿔서 대신 혼내주자는 제안, 너도 좋아했던 거 아니야? … 불 켜. 하늘아. 불 키라구.

하늘이가 불을 켜지 않아 성대가 스탠드 불을 켠다.

그 아래 웅크리고 앉아 있는 하늘이가 보인다. 청테이프에 마스크를 쓰고 있다.

하늘이는 이내 스탠드 불빛을 끈다.

성대는 잠시 어슴푸레 보이는 하늘이 쪽으로 시선을 두다가 일어나 컵에 물을 따라 마신다.

성대   물 한잔 줄까?

성대, 하늘이에게 물 한잔을 건네는데, 받지 않아 그 앞에 놓는다.

폰을 꺼내 문자를 찍는 하늘.

폰 액정 불빛에 하늘이 마스크 쓴 얼굴이 보인다.

성대의 폰에 진동음이 울린다.

폰을 열어 문자를 확인한다. 문자 내용이 스피커를 통해 들릴 수도 있다.

하늘   "… 사랑이 정말 순수하고 관대해?"

성대   여러 종류야.

하늘   "이기적이야. 졸렬하고 치졸하고 짜쳐."

성대   그래, 그런 면도 있어. 하지만 아닌 면이 더 많아.

하늘   "왜, 때문에?"

성대   사람이 하는 거니까. 신이 아니라 사람이.

하늘, 물을 마신다. 폰에 문자를 다시 찍기 시작한다.

하늘 "살면 살수록 어려워?"

성대 죽을 생각으로 엄마, 아빠, 친구들, 선생님한테 유서를 써서 보낸 거야?

사이.

하늘 "죽을 생각으로 살아보라고 지들 유서를 대신 써 준 거야."

사이.

하늘 "점점 더 어려워지냐구? 살면 살수록."

성대 그래, 점점 더 어려워질 거야. 점점 더 부당하고 기분 더러운 일이 많아질 거야… 근데 니가 점점 더 강해질 거야.

사이.

하늘 "착할 수만은 없다는 게 강해진다는 뜻이야?"

성대 누가 그러디? 남친이 그랬어?

하늘, 성대를 원망어린 눈빛으로 뚫어지게 바라본다. 청테이프와 마스크를 벗는다.

성대   인한이가 뭐랬는데?

하늘   … 슬픔은 재밌대. 중독성이 있대. 생각지도 못한 걸 상상 해 낸대.

성대   무슨 의미지?

다른 공간에 나타난 강인한.

헝클어진 머리, 얼룩진 눈물로 범벅이 된 얼굴, 여장한 모습 그대 로다.

인한   … 카펫 밑에 쓸어 넣는 먼지가 된 기분이야.

하늘   아침이 다 돼서야 문자가 왔어… 아빠랑 형이 때리다가 지쳐서 쉬는 거 같다고. 네 시간을 넘게 때렸으니 그럴 만 도 하다고.

인한   (웃는다. 아프고 슬픈 기분 그대로) 채팅방에 우글거리는 어른 들, … 마치 상어가 우글거리는 바다에 피 한 방울 떨어뜨 린 것 같지? 첫 질문은 다 똑같애. 이런 데 자주 와요? 사 랑한다면서 패고, 나 잘 되라고 패고. 맞고 들어오지 말라 고, 맞고 들어와 우는 나를 또 패고. 이런 데 자주 오냐 묻 는 상어 새끼들이랑 뭐가 달라? … 그래서 내가 계속 착할 수가 없는 거야.

하늘   … 흔들의자 같은 새끼. 울다가 웃다가, … 엄마한테도 화 를 냈어.

인한   그놈의 돈. 나를 잘못 키운 게 돈 때문이래. 돈이 없는데,

75

없는 돈이 무슨 잘못을 어떻게 한다는 거야? 말이 돼? (코웃음) 내가 자꾸 삐뚤어져서 살고 싶지 않대.

하늘 욕을 하면서 소릴 질렀어.

인한 (악을 쓴다) 씨발! 지들이나 잘 살라 그래! 지들이나!

하늘 (소리친다) 그래! 당신들이나 잘 살아! 당신들이나 잘 살라고!

사이.

성대 그렇게 분노가 많았으면서 상대를 바꿔서 대신 혼내주자는 제안에 왜 아무 이름도 대지 못했지?

하늘 … 모르겠어. 아무리 생각해도 내가 싫은 건,

인한 자, 빨리 줘봐. 전화번호든, 아이디든. 금방 일어날지 몰라. 어서!

하늘 (인한이한테) 니 방식으로 내가 싫어하는 걸 혼내줄 순 없어.

인하 뭔데, 그게?

하늘 … 관계. 난 관계가 무서워.

인한 관계?

성대 무슨 관계?

하늘 절대불변의 관계.

인한 철학자 나셨네. 씨발.

하늘 아빠는 아빠고 죽어서도 엄마는 엄마니까… 무서워. 이 관계가.

인한 복잡하게 생각할 거 없어. 그러다가 너만 좆 되는 거야.

성대, 머리를 긁기 시작한다.
긁어도, 긁어도 간지러운 것이 해소되지 않아 매우 심하게 신경
질적으로 긁는다.

인한 … 알고 보면 슬픔은 재밌어. 중독성이 있지. 생각지도 못
한 걸 상상해 낸다니까. 그러니까 내 복수는 슬픔인 거임.
하늘 그만해. 별로야.
인한 난 어릴 때 할아버지 할머니들은 죽음이 뭔지 알 거라고
생각했어. 근데 아닌가 봐. 우리 할머니, 돌아가실 때 내
손을 붙잡고 그랬어. 인한아, 무섭다.

성대, 더 이상 하늘이의 진술 내용에 관심을 두지 않는다. 머리를
긁고, 긁고 또 긁는다.

성대 간지러워. 머리가, 아니, 머릿속이! 긁어도, 긁어도 긁어지
지가 않아.
인한 난 멋지게 타살당할 거야.
하늘 그런 말 하지 마!
인한 마음은 우주 같대잖아. 그러니까 좋은 기억이 나쁜 기억
을 죽이기도 하고, 나쁜 기억이 좋은 기억을 죽이기도 하
는 거야.

성대   그만! 그만!

성대, 미친 듯이 머리를 긁는다.

인한   너는 니가 너 혼자 같지? 잘 생각해봐. 이 정신병신아. 누구나 혼자가 아니야. 마음은 하나가 아니니까. 동시에, 둘이기도 하고 셋이기도, 넷이기도 하니까. 그러니까 모든 자살은 타살이야.

인한, 의자에 올라서서 높은 곳에 줄을 묶어 늘어뜨린다.
성대, 호흡이 거칠어지고 급기야 머리에 피가 흐른다.

하늘이는 그때를 회상하는 듯 가만히 서 있다.

인한   내가 태어나지 않았어도 그 짓은 했을 거잖아.

인한, 올가미를 잡는다.

인한   낳아준 게 그렇게 대단해?

인한이, 올가미에 얼굴을 넣는다.
그 순간, 소리치며 허공에 팔을 휘젓는 성대.

성대　　그만! 시끄러! 그만! 그만!

　　　　　성대와 인한, 어둠 속으로 사라진다.

20.

하늘, 무대에 혼자 남아 폰으로 문자를 찍고 있다.

하늘　'시간은 정확히 모르겠어. 그래, 맞아. 아마 아침이었을
　　　거야.'
　　　'죽지 않았다니 아쉽다, 이 흔들의자야.'
　　　'뭐, 기뻐도 기쁘지 않고 슬퍼도 슬프지 않다? 누가 한 얘
　　　기지? 명언 같은데.'
　　　'다 그런 거야. 꽃도 피지만 곰팡이도 피니까.'
　　　'ㅋㅋㅋ 방금 라임 죽였지?'

성대, 마치 아무 일도 없었던 듯 멀끔한 모습으로 차분하게 등장
해 자리한다.

성대　인한이에 대한 얘길 듣는 동안 조금도 움직일 수 없었습
　　　니다. 마음이 몹시 어지럽고 산란했지만, 머릿속이 간지러
　　　워 미친 듯이 긁고 또 긁는 착각이 일었지만, 소리까지 지
　　　른 기분이었지만… 움직여지지가 않았어요.
　　　저는 잘 알고 있습니다. 일종의 강박장애, 경계성 인격장
　　　애와 같은 것이 순간 발동할 수 있다는 것을. 그래서 마인
　　　드 컨트롤을 하여 자신을 통제하고 그 어떤 기분도 없다

는 듯 가만히 듣기만 했고, 얘기가 끝난 후에 이렇게 말했습니다. 발에 흙이 묻고 양말이 젖도록 그냥 내버려둔 경험이 있었니?

사이.

하늘 … 발에 흙이 묻고 양말이 젖어도 그냥 내버려둔 적 없냐구?

성대 병적으로 깔끔을 떨었던 때가 나도 있었어. 근데 어느 날 맨발로 흙을 밟으면서 괜찮아라고 말했더니 그때부터 정말 괜찮아졌지.

하늘 … 흙을 밟는 기분 때문이야.

성대 흙을 밟는 기분?

하늘 나도 그런 적이 있어. 맨발로 흙을 밟은 적이.

성대 그래, 하늘이 병은 모두 마음에서 시작되는 거야. 그 마음을 들여다보면,

하늘, 자신의 입에 검지를 가져가댄다.
이를 보고 말을 멈추는 성대.

하늘 구조하라니까 구경하고 조사하라니까 조작하고 책임지라니까 남 탓하고.
아저씬 그러지 마삼. 제발.

성대 하늘아, 내 말은,

하늘 아빠가 무서웠어. 술에 취하면 모르는 사람 같아서 더. 그치만 간단했어. 척만 하면 되니까. 공부하는 척, 기분 좋은 척. 근데 엄마는 달라. 복잡해. 내 기분 하나하나 전부 다 알아. 사랑하면서 집착해. 아빠가 술에 취해 행패를 부리면 나를 보호한다고 꼬옥 끌어안아. 하지만 난 숨이 막혀. 늘 그래. 숨을 쉴 수가 없어.

차라리 아빠한테 몇 대 맞는 게 나을지도 모른다고 생각을 했어. 아빠보다 엄마가 점점 더 무서워졌어. 돈을 벌면서 더. 엄마는 변치 않아도 엄마 행동은 변해가니까. 아빠보다 더 아빠 같은 엄마.

성대 하늘이는 이렇게 말하지 않았습니다. 입에서 튀어나온 소리라고는 분명히 욕설뿐이었습니다. 어떤 힘에 이끌려 욕설을 뱉고 또 뱉을 뿐이었죠.

하늘 농구하는 엄마를 봤어. 내가 학원에서 끝나기를 기다리는 게 지루했나봐. 행복해보였어. 길거리 펀치게임기 앞에서 있는 힘껏 주먹을 날리는 아빠를 봤어. 같이 있던 사람들과 내기를 했나봐. 아빠가 이겼어. 웃는 아빠를 처음 봤어.

사이.

하늘 엄마도, 아빠도 다른 사람 같았어.

성대 분명히 하늘이는 이렇게 말하지 않았습니다. 숨도 쉬지

하늘   않고 욕설을 퍼부었습니다. 대상이 있는 욕설이 아니었습니다. 그렇다고 자기 자신한테 해대는 것도 아니었습니다. 흙을 밟고 있는 기분이었어. 잠깐이었지만. 우리가 우리를 망치고 있었어. 세상에 하나뿐인 절대불변의 관계가 세상에 하나뿐인 엄마를, 아빠를, … 나를.

하늘이 모친이 들어온다.
그러나 성대에게는 자신의 생모 서현정으로, 여자 검사로 착각된다.

지경   집에 가자.

성대   아직 치료 중입니다. 하늘이 경우 진단 결과, 뇌 질환의 기전으로 기저핵이라는 운동에 관련된 부분에 도파민이라는 물질이 교란돼 나타난다는 소견입니다. 뇌 안쪽에 감정과 보상을 담당하는 중격의지핵이라는 부위가 있는데, 여기서 나오는 알파파가 인지운동 영역에서 나오는 알파파와 일치하면서 음성 틱 증상이 발발했고, 그것이 발전하여, 뚜렛으로 전개된 것이라는 소견입니다. 그러니까 뇌에서 나오는 알파파 수치가 정상보다 높아지고, 중격의지핵과 두 영역의 알파파가 동기화가 일어나면서.

성대, 착각 때문인지, 어떤 기운에 이끌려 스스로 말을 멈춘다.

지경 엄마랑 집에 가자.

성대 엄마 소리 그만해! 내 엄마는 하나야. 김, 김,

지경 내 생각이 아니었어.

성대 엄마 이름이, 엄마 이름이, … 생각나지 않아! 엄마 이름이!

지경 한번만 더 기회가 생기면 잘 할 수 있다고. 딸년 하나 있는 거, 망쳐봐서 잘 안다고.

성대 날 낳아준 게 그렇게 대단해?

지경 미안해. 엄마가 미안해.

성대 엄마 소리 집어치워!

지경 미안해. 엄마가 미안해.

성대, 욕을 하려다 갑작스러운 두통에 머리를 감싼다.

하늘 괜찮아, 괜찮아, 엄마.

성대 (실성한 듯 중얼거린다) 괜찮다 그러면 시원해야 하는데, 엄마 이름이 기억이 안 나! 기억이 안 나! 방금 서울역을 지난 건지 아니, 회현역에서 온 건지 시청역에서 온 건지, 아니, 아니, 괜찮다, 괜찮다 하니까 뜨거워! 기억이 안 나! 4호선인지 1호선인지!

경찰관 2인이 들어온다. 이지경에게 검은 재킷을 입힌다.

성대   뭐야, 당신들!

하늘   씨,씨,씨,씨팔좆같이졸라씨발개드립코스프레씨발개씨발
개씨발…씨,씨,씨,씨팔좆같이졸라씨발개드립코스프레씨
발개씨발개씨발…씨,씨,씨,씨팔좆같이졸라씨발개드립코
스프레씨발개씨발개씨발…씨,씨,씨,씨팔좆같이졸라씨발
개드립코스프레씨발개씨발개씨발….

지경   (검사 투로) 증거인멸과 도주할 염려가 있어, 건강보조식품
업체 비자금 조성 사건의 피의자로서 서성대를 긴급 체포
한다. 당신은 묵비권을 행사할 수 있으며 불리한 진술을
거부할 권리가 있습니다. 또한 변호사를 선임할 수 있습
니다.

경찰관들, 서성대의 양팔을 붙잡아 연행해 나간다.

성대   이거 놔! 놔! 난 지금 환자 치료 중이야! 이건 명백히 진료
행위방해야! 이거 놔! 난 결백해!

하늘   씨,씨,씨,씨팔좆같이졸라씨발개드립코스프레씨발개씨발
개씨발…씨,씨,씨,씨팔좆같이졸라씨발개드립코스프레씨
발개씨발개씨발….

여검사, 하늘이를 바라보다 돌아선다.

21.

교복 차림의 하늘, 걸어 나온다.

하늘 저를 치료하던 서성대 박사는 어찌된 일인지 무혐의로 풀려났습니다.

강인한과 지만, 걸어 나온다.

지만 건강보조식품 회사, 그 특정업체의 봐주기 식 수사였다는 소문이 있었습니다.

이지경, 걸어 나온다.

지경 하늘이 치료는 실패했습니다.
인한 그러나 '질병 거기 서, 닥터 서, 서성대와 함께 하는 난치병 완치 다큐쇼'는 방영되었습니다. 하늘이가 완치된 결과로 말입니다.
지만 환자와 환자 가족들 얼굴은 모자이크 처리되었고, 음성 또한 변조한다는 조건이었기 때문에 완치된 환자로 바꿔치기 했다는 소문이 돌았지만 소위 말하는 대박을 쳤습니다.
하늘 서성대 박사는 기사회생했습니다. 아니 오히려 더 승승장

구 했죠.

인한   광고 청탁성 비리가 업계에 소문이 돌았는데, 무혐의로 풀려난 서성대 박사한테 오히려 의뢰가 폭주했습니다.

지경   그 수법도 더욱 교활해졌습니다. 한 개의 건강보조식품 회사가 아닌, 여러 개의 업체로부터 의뢰를 받아 TV에서 떠들어댔습니다.

지만   누가 봐도 특정상품을 광고한다는 의심을 할 수 없게 말입니다.

지경   그렇게 4년이 흘렀습니다.

하늘이는 교복 상의를 숙녀복 재킷으로 갈아입고 운동화를 구두로 갈아 신는다. 옷매무새를 다듬고 립스틱을 바른다.

인한   하늘이는 열여덟에서 스물두 살의 성인이 되었죠.

성대, 걸어 나온다.

지만   어느 날, 어느 거리에서 하하늘 양과 서성대 박사는, … 마주쳤습니다.

지경   둘은 한 눈에 서로를 알아보았습니다.

강인한, 하지만, 이지경, 어둠 속으로 사라진다.
무대 위에 단둘이 남은 하하늘과 서성대, 한동안 서로를 바라본다.

성대　마스크 안 쓰네?

하늘　씨팔좆같이졸라씨발씨발씨발씨발…, 이런 증후를 보이지
　　　않으니까요.

　　　둘, 웃는다.

하늘　아저씨, 그렇게 끌려가고 집에 버스 타고 갔어요. 차창에 비
　　　친 내 얼굴을 봤죠. 내 얼굴에, 내 두 눈에 엄마가 있었어.

성대　나이가 들면 지혜로워진다는 건 거짓말이야.

하늘　아빠도 있었어요. 내 눈, 코, 입, 그리고 이마와 턱에. 숨을
　　　쉴 때마다 엄마가, 아빠가 숨을 쉬고 있었어.

성대　탐욕에 찌들었던 젊은 날은 늙어서 더욱 노련해지고, 상
　　　처는 더욱 예민한 치부로 남아. 미화되고 윤색되고 포장
　　　되지.

하늘　버스는 한참을 달렸어요. 나를 데려간 버스는 아침에 도
　　　착했고, 차창에 있던 나는 사라졌죠.

성대　꿈을 크게 가져라. 시시한 현실 따위 보이지 않게.

하늘　절대불변의 관계는 결국 나였어요.

성대　… 치료, 한 게 아니었지. 내가 받은 거였다고 나는 생각
　　　한다.

하늘　… 마음의 준비가 되셨군요.

성대　덕분에. 비로소 꿈을 크게 가질 수 있었지.

하늘, 목례를 하고 퇴장한다.

성대   그래, 멀리, 아주 멀리 가거라.

성대, 하늘이가 사라진 쪽을 한동안 쳐다본다.

성대   욕을 하는 것이 질병일까요? 4년 전 그때 하늘이는 병에 걸리지 않은 걸지도 모릅니다. 일종의 마음의 준비였을 수도 있지 않을까라는 생각을 했습니다. 그것을 물어보고 싶었지만 입을 뗄 수 없었죠.
검사 노트에서 본 낙서, 군사부일체. 그리고 레지던트 시절 그렇게 떠들어대던 구호, 꿈을 크게 가져라. 이마저도 생각에 따라 의미가 달라진다는 것을 몰랐습니다… 이곳을 나가기 전에 마음에 준비를 하시죠.
그럼 이만.

막.

나의 내면을 들여다보는 용기

배선애

늘 궁금했다. TV드라마나 영화에서 임종을 앞둔 가족들에게 의사들이 하는 말, "마음의 준비를 하셔야겠습니다." 마음의 준비? 뭘 준비하지? 왜 준비해야 하나? 어떻게 준비하라는 거지? 흔히 쓰는 쉬운 말인데 사실은 실체가 무엇인지 알 수 없는 표현이라는 생각을 했다. 극단 전원과 극단 종이달이 함께 작업한 〈마음의 준비〉는 이렇게 실체 없다고 생각되는 '마음의 준비'가 무엇인지를 연극적으로 보여주는 작품이다.

위기훈 작가는 이 작품에 많은 장치들을 활용하고 있다. 일단 구성 면에서는 시간과 공간이 수시로 이동하고 바뀌면서 인과성을 틀어놓는다. 소재적인 측면에서는 뚜렛증후군이나 메디테이너, 인터넷 라이브방송 같은 최근의 것들을 적극적으로 가져왔다. 거기에 청소년들을 배치함으로써 작품의 문제제기를 폭넓게 확장시켰다. 역사적 소재를 잘 다루던 작가의 전작들과 비교할 때 잘하고 익숙한 것에 안주하지 않는 작가의 도전적인 모습이다.

메디테이너 서성대는 대가성 광고를 했다는 혐의로 검찰 조사를 받는데, 이 위기를 극복하기 위한 방법으로 "예쁜 환자" 하하늘의 치료를 방송하기로 한다. 고등학생인 하늘은 부지불식간에 욕설을 쏟아내는 뚜렛증후군 환자이다. 하늘을 치료하는 과정에서 하늘의 가정환경과 남자친구 사건이 드러나며 그와 동시에 성대의 출생 비밀까지 밝혀진다.

방송을 위한 보여주기식의 치료행위였지만 그 과정을 통해 하늘이도 성대도 모두 깊숙이 묻어두었던 자신의 내면, 감추고 싶었던 것들, 그들 각자의 '크립토나이트'를 끌어내고 직접적으로 대면하게 된다. 그 덕분에 하늘이는 뚜렛증후군이 완치되었고, 성대 역시 자신의 의지와 꿈을 더 구체적으로 실현시킬 수 있었다. 작가가 말하고 싶었던 마음의 준비는 바로 그런 내면을 들여다보는, 각자의 아픔과 정직하게 대면하는 용기였다. 상처와 약점을 꼭꼭 덮어두기 위해 왜곡하고 외면하는 기억으로 사는 인간이 아닌 마음으로 사는 인간을 보여주기 위해 마음의 준비가 필요한 것이다.

김상윤 연출은 시공간이 얽혀있는 작품의 구성을 오히려 단순화된 무대로 구현하고자 한다. 테이블과 의자 외의 빈공간은 오히려 더 많은 것들을 말하고 있는데, 특히 이 공간을 채우는 배우들을 통해 주제가 더욱 구체화되는 양상을 보여준다. 인한이가 보여주는 라이브방송, 해설자들의 내레이션 등은 카메라를 적극 활용해서 감각적으로 표현할 예정이다. 무엇보다 이 작품을 빛나게 하는 것은 배우들의 열정이다. 하늘의 부모이자 검사 등 다양한 역을 연기해야 하는 이지경과 하지만 역의 진태연, 정은성은 작품의 무게 중심을 정확하게 잡고 있으며, 장면의 목적에 따라 경중을 달리하는 유연함과 능숙함을 보여준다. 서성대 역의 김수지와 이동준은 심해만큼 알 수 없고 복잡한 내면을 다른 인물들과의 관계 속에서 점진적으로 면밀하게 드러내고 있으며, 뚜렛증후군을 앓는 하하늘 역의 김혜라와 서찬휘는 뚜렛증상을 자연스러우면서도 적극적으로 표현하고 있다. 하하늘의 남자친구이자 또 다른 상처인 강인한 역의 최용철과 이제석은 도발적이면서도 아픔을 품고 있는 양면성을 보여주며, 멀티 역의 남상혁, 송민선, 김대종은 각 장면의 색채를 다채롭게 만들어내고 있다.

작가가 선악으로 인물을 구분하지 않은 것은 보편성에 접근하고 싶어서다.

의사와 환자로 만나는 성대와 하늘이 결국은 서로가 각자의 내면을 마주하는 용기를 얻게 되는 것은 선악과 관계없이 누구나 가져야 하는 '마음의 준비'이기 때문이다. 공연이 시작되면 질문은 관객의 것으로 넘어간다.

"당신의 '크립토나이트'는 무엇인가요? 무엇 때문에 왜곡하고 외면하는 기억을 만들었나요? 이제 그것을 마주할 용기가 생겼나요? 그렇다면 당신은 '마음의 준비'를 하셨군요. 몸도 마음도 모두 건강하시길 바랍니다."

한국 희곡 명작선 100

마음의 준비

초판 1쇄 인쇄일   2021년 11월 25일
초판 1쇄 발행일   2021년 11월 30일

지 은 이   위기훈
만 든 이   이정옥
만 든 곳   평민사
          서울시 은평구 수색로 340 〈202호〉
          전화 : 02) 375-8571 / 팩스 : 02) 375-8573
          http://blog.naver.com/pyung1976
          이메일   pyung1976@naver.com
등록번호   25100-2015-000102호
ISBN   978-89-7115-814-2   04800
          978-89-7115-663-6   (set)
정   가   9,000원

이 책은 사단법인 한국극작가협회가 한국문화예술위원회의 2021년 제4회 극작엑스포
지원금을 받아 출간하였습니다.